Benjamin et la carte rare

D'après un épisode de la série télévisée *Benjamin* produite par Nelvana Limited, Neurones France s.a.r.l. et Neurones Luxembourg S.A.
Basé sur les livres *Benjamin* de Paulette Bourgeois et Brenda Clark.

Texte de Sharon Jennings.
Illustrations de Sean Jeffrey, Alice Sinkner et Shelley Southern.
Texte francais de Christiane Duchesne.

Basé sur l'épisode télévisé *Franklin and the Trading Cards*,
écrit par John Van Bruggen.

Édition publiée par Les éditions Scholastic, 175 Hillmount Road, Markham (Ontario) L6C 1Z7, avec la permission de Kids Can Press Ltd.

5 4 3 2 1   Imprimé à Hong-Kong, Chine   03 04 05 06

Benjamin et la carte rare

Les éditions Scholastic

Benjamin sait nouer ses lacets.

Benjamin sait compter par deux.

Benjamin peut manger des tonnes et

des tonnes de céréales.

C'est ainsi qu'il a commencé à

collectionner les cartes des Super-Héros.

Benjamin déjeune tous les matins.

Il mange parfois

des rôties,

parfois

des crêpes.

Mais, la plupart du temps, il mange

des céréales Crouche Mouche.

Un jour, Benjamin découvre deux cartes de Super-Héros dans sa boîte de céréales.

— Youpi! s'écrie Benjamin. Je vais manger des Crouche Mouche tous les jours.

Lorsque Benjamin parle à ses amis des cartes des Super-Héros, ils décident, eux aussi, de manger des Crouche Mouche.

— Les Crouche Mouche,

je n'aime même pas ça!

dit Lili.

— Moi non plus,

dit Raffin.

— Mais je veux avoir toutes les cartes

de la collection, dit Lili.

— Moi aussi,

dit Raffin.

Benjamin a bientôt plusieurs cartes des Super-Héros.

— J'ai Super-Chien et Super-Vache, dit Benjamin.

— Moi aussi, dit Lili.

— J'ai Super-Cochon et Super-Poulet, dit Benjamin.

— Moi aussi, dit Raffin.

— Mais je n'ai pas Super-Chat,

dit Benjamin.

Raffin et Lili ne l'ont pas non plus.

Un matin, Benjamin a une bonne idée.

— J'ai trouvé les cartes dans la boîte de

Crouche Mouche, dit-il à sa maman.

Est-ce que tu peux en acheter une autre?

— Termine celle-là d'abord, réplique sa

maman. Ensuite, j'en achèterai une autre.

— Alors, je vais manger deux bols de

céréales pour déjeuner, dit Benjamin.

À l'heure du dîner, Benjamin a une

meilleure idée.

— Je vais manger des Crouche Mouche

pour dîner et pour souper, dit-il.

Puis il a la plus extraordinaire des idées.

— Je vais faire des carrés aux Crouche

Mouche pour dessert, dit-il.

— Tu vas te lasser des Crouche Mouche,

dit sa maman.

— Jamais! dit Benjamin. J'aime les

Crouche Mouche.

Après le souper, Benjamin va voir
ses amis.

— J'ai mangé cinq boîtes de Crouche
Mouche en une semaine, leur dit-il.
Et je n'ai toujours pas Super-Chat.

— Moi non plus, dit Lili. Mais j'ai trois
cartes de Super-Chien.

— Et j'ai deux cartes de Super-Poulet, dit
Raffin. Mais pas de Super-Chat.

— Il est vraiment difficile à trouver, ce
Super-Chat, dit Benjamin.

Le lendemain, Benjamin ouvre une

nouvelle boîte de Crouche Mouche.

Il fouille dans la boîte.

— Hourra! s'écrie Benjamin. Une carte

de Super-Chat!

Il fouille encore.

– Oh! s'exclame-t-il. Une autre carte

de Super-Chat!

Benjamin court rejoindre ses amis.

— Est-ce que je peux avoir l'autre carte de Super-Chat? demandent en même temps Lili et Raffin.

— Je l'ai demandée en premier, dit Lili.

— Non, c'est moi qui l'ai demandée en premier, dit Raffin.

Benjamin ne sait pas quoi faire.

Le lendemain, à l'école, Raffin a une idée.

— Je te donne ma tablette de chocolat si tu me donnes Super-Chat, dit-il à Benjamin.

Lili a une meilleure idée.

— Je te donne deux tablettes de chocolat en échange de Super-Chat, dit-elle à Benjamin.

Benjamin ne sait toujours pas quoi faire.

Après l'école, Benjamin va chez le

marchand de crème glacée.

Lili et Raffin le suivent.

— Je te donne un cornet en échange de

Super-Chat, dit Raffin.

— Je te donne un cornet à deux boules

en échange de Super-Chat, dit Lili.

— Trois boules, ajoute Raffin.

— Quatre! dit Lili.

— C'est trop de crème glacée pour moi!

proteste Benjamin.

Lili et Raffin ne l'entendent même pas.

Benjamin rentre à la maison pour réfléchir.

— Je ne sais pas quoi faire, dit-il à sa maman.

Lili et Raffin sont tous les deux mes amis.

— Pourquoi ne joues-tu pas ta carte à pile

ou face?

— Bonne idée!
dit Benjamin.
C'est ce que je
vais faire.

— Et je n'aurai plus à acheter de Crouche

Mouche, dit sa maman. Tu as toute la

collection des cartes de Super-Héros.

— Ça, ce n'est pas
une bonne idée,
dit Benjamin.

Le lendemain, Benjamin va voir Lili.

Il lui donne une carte de Super-Chat.

Lili saute de joie.

— Yééé! s'écrie-t-elle. Je peux enfin cesser

de manger des Crouche Mouche.

Benjamin va voir Raffin et lui donne l'autre carte de Super-Chat. Raffin saute de joie.

– Yééé! s'écrie-t-il. Je peux enfin cesser de manger des Crouche Mouche.

Benjamin rentre chez lui. Il ouvre une nouvelle boîte de Crouche Mouche. Il fouille dans la boîte et trouve deux cartes de Super-Héros. Mais ce ne sont pas des cartes de Super-Chat.

— Yééé! s'écrie-t-il. Je peux continuer à manger des Crouche Mouche!